19 mai 1914

VENTE

Des Mardi 19 et Mercredi 20 Mai 1914

HOTEL DROUOT, SALLE N° 10

A 2 HEURES

ESTAMPES

Anciennes et Modernes

PARIS, MAI 1914

CATALOGUE

DES

ESTAMPES ANCIENNES & MODERNES

PROVENANT DE LA

Collection d'un Amateur

PREMIÈRE PARTIE

ŒUVRES DE :

ALIX, BAUDOUIN, BOILLY, BONNET, CHARDIN
DEMARTEAU, FRAGONARD, FREUDEBERG, HUET, JANINET, LANCRET
LAVREINCE, MOREAU LE JEUNE, SAINT-AUBIN, WATTEAU, ETC.

BARYE, BRACQUEMOND, BUHOT, CARRIÈRE, CHAHINE, COROT, DAUMIER
DELACROIX, FANTIN-LATOUR, GAILLARD, GÉRICAULT
HELLEU, CH. JACQUE, HADEN, LAUTREC, LEGROS, LEPÈRE, MANET
MERYON, MILLET, RAFFET, RODIN, WHISTLER, ZORN, ETC.

Dont la Vente aura lieu à Paris

HOTEL DROUOT, SALLE N° 10

LES MARDI 19 ET MERCREDI 20 MAI 1914

A 2 heures précises

COMMISSAIRE-PRISEUR

Me ANDRÉ DESVOUGES, 26, rue de la Grange-Batelière

EXPERT

M. PAUL BIHN, MARCHAND D'ESTAMPES
61, rue Taitbout

ASSISTÉ POUR LES ESTAMPES MODERNES DE :

M. L. HUTEAU, 61, rue Taitbout

PARIS

CONDITIONS DE LA VENTE

Elle sera faite au comptant.

Les adjudicataires paieront *dix pour cent* en sus des enchères.

MM. P. BIHN et L. HUTEAU se réservent la faculté, dans l'intérêt de la vente, de réunir ou de diviser les numéros du présent Catalogue.

Ils rempliront, aux conditions d'usage, les commissions que voudront bien leur confier MM. les Amateurs.

La Collection sera visible chez M. P. BIHN, 61, rue Taitbout, du Lundi 11 au Samedi 16 Mai 1914, de 10 heures à 6 heures.

ORDRE DES VACATIONS

Mardi 19 Mai 1914 . . . . 1 à 208

Mercredi 20 Mai 1914 . . . . 209 à 423

L'Ordre du Catalogue sera suivi.

Paris. — Imp. de l'Art, Ch. Berger, 41, rue de la Victoire.

DÉSIGNATION

PREMIER JOUR DE VENTE

ESTAMPES ANCIENNES

ALIX (P.-M.)

1 — Chalier. — Michel Lepelletier. — Marat, d'après GARNERAY.

Trois pièces, *imprimées en couleurs*. Très belles épreuves.

2 — Viala.

Superbe épreuve, *imprimée en couleurs avant la lettre*.

3 — Molière, d'après GARNERAY.

Fort joli portrait dans un ovale, au bas est gravé une scène de *Tartufe*. Très belle épreuve, *imprimée en couleurs*.

4 — Les Trois Consuls, d'après VANGORP.

Superbe épreuve, *imprimée en couleurs*. *Rare*.

5 — Costumes de Hambourg, d'après LESPINAY.

Très belle épreuve, *imprimée en couleurs*. *Avant la lettre*. *Rare*. (Doublée.)

ANSELIN

6 — La Belle Jardinière (Madame de Pompadour), d'après C. Vanloo.

Superbe épreuve. Grandes marges. *Rare.*

BAUDOUIN (D'après P.-A.)

7 — Annette et Lubin, gravé par Ponce (E.-B. 9).

Superbe épreuve.

8 — Le Chemin de la fortune, gravé par Voyez l'aîné (14).

Superbe épreuve. Grandes marges.

9 — Le Coucher de la Mariée, gravé par Moreau le Jeune et Simonet (16).

Très belle épreuve.

10 — L'Enlèvement nocturne, gravé par Ponce (20).

Très belle épreuve, du 3e état, *avant que l'adresse n'ait été changée.*

11 — Le Jardinier galant, gravé par Helman (25).

Superbe épreuve.

12 — Marton, gravé par Ponce (31).

Magnifique épreuve.

13 — La Soirée des Tuileries, gravé par Simonet (47).

Très belle épreuve.

BENAZECH

14 — Le Couronnement de la Rosière. — Le Prix de l'Agriculture.

Deux pièces se faisant pendants. Superbes épreuves, *imprimées en couleurs.* Grandes marges.

BOILLY (D'après Louis)

15 — L'Amour couronné, gravé par Cazenave.

Superbe épreuve, *avant toute lettre*. (Trace de pli.)

16 — La Leçon d'union conjugale. — Défends-moi. Gravés par Petit.

Deux pièces se faisant pendants, *avant toute lettre*. Rare en cet état.

BONNET (L. Marin)

17 — Étude de jeune femme, d'après Boucher (15).

Très belle épreuve imprimée à plusieurs crayons.

18 — Jeune fille, tenant une grappe de raisin, d'après Huet (374).

Imprimée à plusieurs crayons. Très belle épreuve.

19 — Études de têtes : l'une vue de profil, l'autre de trois quarts, d'après Lagrenée (413).

Fort jolie pièce imprimée à plusieurs crayons, *avec la planche de blanc*.

20 — Vénus et l'Amour sur un dauphin, d'après Boucher.

Très belle épreuve, imprimée en noir, *avec rehauts de blanc*, sur papier bleu. Grandes marges.

21 — Le Sommeil interrompu, d'après Boucher.

Belle épreuve, imprimée en sanguine.

22 — Mars et Vénus. — L'Insomnie amoureuse, d'après Lagrenée.

Deux pièces se faisant pendants, imprimées en sanguine. Grandes marges.

BONNET (L. Marin)

23 — Les Musiciennes, d'après Raoux.

Belle épreuve, *imprimée en couleurs.*

24 — The Pretty noesgay Garle, d'après Greuze.

Superbe épreuve, *imprimée en couleurs avec le cadre imprimé en or.*

BOUCHER (D'après F.)

25 — L'Agréable leçon, gravé par Gaillard.

Très belle épreuve à très grandes marges.

26 — La Belle cuisinière, gravé par Aveline.

Superbe épreuve. Grandes marges.

27 — La Belle villageoise, gravé par Soubeyran.

Très belie épreuve.

28 — Les Charmes du printemps. — Les Plaisirs de l'été. — Les Délices de l'automne. — Les Amusements de l'hiver. Gravés par Daullé.

Quatre pièces faisant suite. Très belles épreuves.

29 — Le Départ du courrier. — L'Arrivée du courrier. Gravés par Beauvarlet.

Deux très belles et rares épreuves. *Avant toute lettre.*

30 — L'Obéissance récompensée, gravé par Gaillard.

Très belle épreuve à grandes marges.

BOUCHER (D'après F.)

31 — Pan et Syrinx. — La Baigneuse surprise, par Daullé et Martenasie.

Deux pièces. Grandes marges.

32 — Le Sommeil interrompu, gravé par Beauvais.

Très belle épreuve, *avant toute lettre.*

33 — Les Villageois à la pêche, par Gaillard.

Belle épreuve.

34 — Les Quatre éléments, représentés par des groupes d'enfants, gravés par Daullé.

Quatre pièces faisant suite. Très belles épreuves.

BOUCHER et FENOUIL (D'après)

35 — Le Matin. — Le Midy. — L'Après-dîné (portrait de Mlle Sallé). — Le Soir. Gravés par Petit.

Quatre pièces faisant suite. Belles épreuves.

BUNBURY (D'après)

36 — The Duel between Sir Andrew Ague-Cheek and Viola. — Sir Andrew Aguecheek, Sir Toby Belch and the clown, etc.

Trois pièces, *imprimées en couleurs et rehaussées*, gravées par Gardiner, Knight et Tomkins. Très belles épreuves.

CARDON

37 — Infantine amusement. — The Rival favorites, d'après Devis.

Deux pièces se faisant pendants. Superbes épreuves, *imprimées en couleurs.*

CARMONTELLE (D'après De)

38 — Pas de deux exécuté par Monsieur Dauberval et Mademoiselle Allard, gravé par TILLARD.

Belle épreuve.

CHALLE (D'après)

39 — Quand l'hymen dort, l'Amour veille, gravé par MAUCLER.

Très belle épreuve, *imprimée en couleurs*. Sans marge.

CHARDIN (D'après J.-B.-S.)

40 — Le Bénédicité, gravé par R.-E.-M. LÉPICIÉ (E. B. 5).

Superbe épreuve de la planche B Grandes marges.

41 — La Blanchisseuse. — La Fontaine. Gravés par COCHIN (6 et 21).

Superbes épreuves du 2e état, *avant l'adresse de Basan*.

42 — L'Écureuse, gravé par C.-N. COCHIN (16).

Très belle épreuve du 2e état, *avant la dédicace au Cte de Vence*.

43 — Le Jeu de l'oye, par SURUGUE fils (27).

Superbe épreuve. Grandes marges.

44 — Le Jeune soldat, gravé par COCHIN (30).

Très belle épreuve.

CHARDIN (D'après J.-B.-S.)

45 — Le Négligé ou la Toilette du matin, gravé par LE BAS (38). 410

Belle épreuve.

46 — L'Œconome, par LE BAS (39). 160

Très belle épreuve.

47 — L'Ouvrière en tapisserie, gravé par FLIPART (40). 250

Très belle épreuve à grandes marges.

48 — La Petite Fille aux cerises, gravé par COCHIN (43). 350

Très belle épreuve. Marges non ébarbées.

49 — La Ratisseuse, gravé par LÉPICIÉ (46).

Belle épreuve de la pl. A. (Marge du haut refaite.)

CHARLIER et DUGOURE (D'après)

50 — Achève ton ouvrage, n'oublie pas la dernière. 630
— Un tendre engagement va plus loin qu'on ne pense. Gravés par ELLUIN.

Deux pièces. Superbes épreuves, *avant la lettre.*

DARCIS (L.)

51 — Le Trente et un, ou la Maison de prêt sur nantissement, d'après GUERAIN. 110

Superbe épreuve. Marges non ébarbées.

DEBUCOURT (P.-L.)

52 — L'Orange. — Les Visites.

Deux pièces se faisant pendants. Superbes épreuves à très grandes marges.

DEMARTEAU

53 — Têtes de femmes, d'après BOUCHER (8 et 113).

Superbes épreuves. Marges non ébarbées.

54 — Sujets, Jeunes paysannes, d'après BOUCHER (70 et 71).

Deux très belles épreuves se faisant pendants. Très grandes marges.

55 — Sujets d'Enfants, d'après BOUCHER (109-110).

Deux belles épreuves se faisant pendants.

56 — Groupe d'enfants, d'après BOUCHER (153).

Estampe à plusieurs crayons (6me). Très belle épreuve. Rare.

57 — Portrait de l'Abbé Pommyer, d'après COCHIN (262). — Études, d'après BOUCHER (5 et 79).

Trois pièces. Belles épreuves.

58 — Le Matin. — Le Midi. — L'Après-midi et le Soir, d'après HUET (546-547-548 et 549).

Suite de quatre pièces, imprimées à plusieurs crayons. Superbes épreuves. *Très rares.*

59 — Pastorales, d'après BOUCHER (568 et 569.)

Charmantes pièces, imprimées à plusieurs crayons. Très belles épreuves.

58

58

58

58

DENNEL (A.-F.)

60 — La Vertu irrésolue. — L'Attention dangereuse, d'après Mme VIGÉE-LEBRUN et BOUCHER.

Deux pièces. Très belles épreuves faisant pendants.

DESCOURTIS

61 — L'Amant surpris. — Les Espiègles, d'après SCHALL.

Deux pièces se faisant pendants. Superbes épreuves, *imprimées en couleurs.* Marges.

DROUAIS (D'après)

62 — Le Comte d'Artois et Mademoiselle Clothilde, gravé par BEAUVARLET.

Belle épreuve.

DUCLOS (ANT.-J.)

63 — La Reine annonçant à Mme de Bellegarde des Juges et la liberté de son mari, d'après DESFOSSÉS.

Belle épreuve. Grandes marges.

DUGOURE (D'après J.-D.)

64 — Le Lever de la Mariée, gravé par TRIÈRE.

Superbe épreuve, avant *toute lettre.* Grandes marges.

EARLOM

65 — A Fish market. — A Fruit market. — A herb market. — The larder, d'ap. SNYDERS, LONG JOHN et M. DE VOS.

Quatre belles pièces faisant suite, imprimées à la manière noire.

EARLOM

66 — A Flower piece. — A Fruit piece, d'après Van Huysom.

Deux pièces, gravées à la manière noire, se faisant pendants. Très belles épreuves.

ESCRIME (Gravure relative à l')

67 — Assault or fencing-match, which took place between Mlle la Chevalière d'Eon and M. de Saint-George, gravé par Picot, d'après Robineau.

Superbe épreuve. (Déchirure.)

EXPOSITIONS (Gravures relatives aux)

68 — The Exhibition of the Royal Academy 1787, gravé par Martini, d'après Ramberg. — Exposition au Salon du Louvre en 1787, gravé par P.-A. Martini. 2 planches.

Très belles épreuves, la première imprimée en bistre.

69 — Vues des ouvrages de peinture des artistes vivants exposés... en l'an VIII, etc., gravé par Monsaldy et Devismes.

Deux pièces faisant pendants. Belles épreuves.

70 — Coup-d'œil exact de l'arrangement des peintures au Salon du Louvre en 1785. — Vues des ouvrages de peinture des artistes vivants exposés en l'an VIII. Gravés par Monsaldy et Devismes. (Première planche.)

Deux pièces, la seconde à l'état d'eau-forte. Belles épreuves.

FRAGONARD (H.)

71 — Quatre Bacchanales (P. de B. 6-9).

Suite de quatre pièces. Très belles épreuves. Marges.

FRAGONARD (D'après H.)

72 — Le Baiser à la dérobée, gravé par REGNAULT.

Superbe épreuve, *avant lettre*, le nom de REGNAULT seul gravé à la pointe.

73 — Le Chiffre d'amour, gravé par DE LAUNAY.

Belle épreuve, filet de marge.

74 — La Coquette fixée, gravé à l'eau-forte par COUCHÉ, terminé par DAMBRUN.

Superbe épreuve. Marges non ébarbées.

75 — Dites-donc s'il-vous-plaît, gravé par DE LAUNAY.

Superbe épreuve. Très grandes marges.

76 — La Fuite à dessein, gravé par MACRET et COUCHÉ.

Très belle épreuve. Grandes marges.

77 — Le Serment d'amour. — La Bonne mère. Gravés par DE LAUNAY et MATHIEU.

Deux pièces se faisant pendants. Très belles épreuves.

78 — S'il m'était aussi fidèle, gravé par DENNEL.

Superbe épreuve, *avant toute lettre*.

79 — Le Verrou, gravé par BLOT.

Belle épreuve.

FRAGONARD (D'après H.) et **CARÊME**

80 — Le Baiser dangereux. — Le Refus inutile.

Deux pièces faisant pendants. Belles épreuves.

FREUDEBERG (D'après S.)

81 — Le Baiser, gravé par Romanet.

Belle épreuve. Grandes marges.

82 — Le Boudoir, gravé par Maleuvre.

Très belle épreuve, *avant le numéro.*

83 — Les Confidences, par Lingée.

Superbe épreuve, *avant le numéro.* A grandes marges.

84 — L'Événement au bal, gravé à l'eau-forte par Duclos, terminé par Ingouf.

Superbe épreuve, *avant le numéro.*

85 — L'Occupation, gravé par Lingée.

Magnifique épreuve, *avant le numéro.*

86 — La Promenade du matin, gravé par Lingée.

Belle épreuve, *avant le numéro.* (Trace de pli.)

87 — La Promenade du soir, gravé par Ingouf.

Très belle épreuve, *avant le numéro.*

88 — La Visite inattendue, gravé par Voyez l'ainé.

Très belle épreuve, *avant le numéro.*

89 — L'Heureuse union, gravé par Bosse.

Très belle épreuve, *avant* la réduction de la planche.

GÉRARD (D'après Mlle)

90 — Les Premières caresses du jour. — Dors, mon enfant. Gravés par H. Gérard.

Deux pièces faisant pendants. Très belles épreuves.

GONZALÈS (D'après)

91 — Les Prémices de l'amour-propre, gravé par Macret.

Superbe épreuve, *avant la lettre et avant les armes.*

GREEN (Valentin)

92 — The bird's nest ; d'après Ger. Huck.

Superbe épreuve d'état, *avec la lettre ouverte.*

GREUZE (D'après J.-B.)

93 — La Philosophie endormie, gravé par Moreau le Jeune (E. B. 251).

Superbe épreuve. Très grandes marges.

94 — L'Oiseau mort, gravé par Flipart.

Superbe épreuve.

95 — La Prière à l'amour, gravé par Moles.

Superbe épreuve. Très grandes marges.

96 — La Rêveuse, gravé par Ingouf.

Très belle épreuve.

97 — Le Tendre désir, gravé par Massard.

Superbe épreuve.

GREUZE (D'après J.-B.)

98 — Thaïs, ou la belle pénitente, gravé par Levasseur.

Superbe épreuve. Grandes marges.

99 — La Tricoteuse endormie, gravé par Donat Jardinier. — La Dévideuse, gravé par Flipart.

Deux pièces faisant pendants. Superbes épreuves. Très grandes marges.

100 — Petite fille assise tenant un chien. — Petite fille jouant avec une poupée. Gravés par Ingouf.

Deux pièces faisant pendants. Très belles épreuves, l'une les marges non ébarbées.

101 — Le Donneur de Sérénade. — La Paresseuse. Gravés par Moitte.

Deux très belles épreuves faisant pendants, la première *avant la lettre*.

102 — La Lessiveuse. — Les Soins maternels. — L'Éducation d'un jeune Savoyard, etc., par Aliamet, Beauvarlet, Danzel.

Quatre pièces. Belles épreuves.

HAMILTON (D'après)

103 — Les Avantages de l'automne. — Les Occupations de l'été. Gravés par Duthé,

Deux pièces se faisant pendants, *imprimées en couleurs*.

HARRIET (D'après)

104 — Le Thé parisien, suprême bon ton au commencement du XIXe siècle, gravé par Godefroy.

Trés belle épreuve coloriée.

HUET (D'après)

105 — L'Amant pressant. — La Déclaration. Gravés par Legrand.

Deux pièces se faisant pendants. Superbes épreuves *imprimées en couleurs.* (Légers défauts dans les marges.)

106 — Le Départ de campagne, gravé par Jubier.

Belle épreuve, *imprimée en couleurs* (doublée).

107 — Le Départ d'une foire, par Jubier.

Très belle épreuve, *imprimée en couleurs.*

108 — La Mauvaise mère, gravé par Bonnet.

Belle épreuve, *imprimée en couleurs.*

INCROYABLES (Gravures relatives aux)

109 — C'est incroyable. — Faites la paix, etc.

Trois pièces, de formes rondes et ovales, imprimées en sanguine.

ISABEY (D'après)

110 — Madame Dugazon, gravé par Monsaldy.

Très belle épreuve, *imprimée en couleurs.* Très grandes marges.

111 — Marie-Louise, gravé par Monsaldy.

Superbe épreuve, *imprimée en couleurs.* Grandes marges.

ISABEY (D'après)

112 — Mademoiselle E. Leverd, gravé par Mécou. — Le même, *avant la lettre*. — Hubert Robert, gravé par Niger, *avant la lettre*.

Trois pièces. Très belles épreuves.

JANINET

113 — L'Amour rendant hommage à sa Mère. — Le Sommeil d'Ariane, d'après Boucher et Charlier.

Deux pièces se faisant pendants, *imprimées en couleurs*. Belles épreuves (doublées).

114 — Le Baiser de l'Amitié, d'après Doublet.

Très belle épreuve, *imprimée en couleurs*, *avant toute lettre*. Sans marge sur trois côtés.

115 — Le Berger couronné, d'après Carême.

Très belle épreuve, *imprimée en couleurs*.

116 — Compagne de Pomone, d'après Le Clerc.

Belle épreuve, *imprimée en couleurs*.

117 — La Réunion des plaisirs, d'après Le Clerc.

Belle épreuve, *imprimée en couleurs*.

KAUFFMANN (D'après Angelica)

118 — Beauty directed by prudence rejects with scorn the solicitation of Folly, gravé par Le Noir.

Superbe épreuve, *imprimée en couleurs*. Grandes marges.

LANCRET (D'après N.)

119 — L'Enfance.— L'Adolescence. — La Jeunesse. La Vieillesse. Gravés par DE LARMESSIN (E. B. 1, 28, 45 et 86.)

Suite de quatre pièces. Superbes épreuves.

120 — Les Agréments de la campagne, gravé par JOULLAIN (E. B. 3).

Superbe épreuve, à laquelle nous avons joint la planche *B* en contre-partie.

121 — L'Air. — L'Eau. — Le Feu. — La Terre. Gravés par TARDIEU, DESPLACES, AUDRAN et C.-N. COCHIN (E. B. 4, 27, 34 et 75).

Suite de quatre pièces. Superbes épreuves.

122 — Les Amours du Bocage, par DE LARMESSIN (8).

Superbe épreuve.

123 — Le Printemps. — L'Eté. — L'Automne et L'Hiver. Gravés par AUDRAN, TARDIEU, SCOTIN et LE BAS (E. B. 13, 31, 40 et 64).

Belles épreuves.

124 — La Belle Grecque. — Le Turc amoureux. Gravés par G.-F. SCHMIDT (E. B. 15 et 84).

Deux pièces faisant pendants. Très belles épreuves.

125 — Le Berger indécis, gravé par TARDIEU (16).

Très belle épreuve.

126 — Le Jeu de Collin-Maillard, gravé par C.-N. COCHIN (E. B. 42).

Superbe épreuve.

LANCRET (D'après N.)

127 — Le Jeu de pied de bœuf, gravé par De Larmessin (43).

Superbe épreuve.

128 — Recréation champètre (68).

Superbe épreuve de la planche *B*.

129 — Le Repas italien, gravé par Le Bas (E. B. 70).

Magnifique épreuve.

LANCRET (D'après N.) et **PATER**.

130 — Mlle Camargo. — Mlle Sallé. — Mlle D'Angeville la jeune. — Grandval. Gravés par L. Cars, De Larmessin et Le Bas (E. B. 17, 38, 71).

Quatre pièces faisant suite. Superbes épreuves. *Très rares.*

LAVREINCE (D'après Nic.)

131 — Les Apprêts du ballet, gravé par Tresca (E. B. 4).

Superbe épreuve du 1er état, *avant la lettre*. Les noms des artistes seuls gravés à la pointe.

132 — Le Billet doux, gravé par De Launay (10).

Très belle épreuve.

133 — La Consolation de l'absence, gravé par De Launay (14).

Belle épreuve d'un tirage postérieur.

LAVREINCE (D'après Nic.)

134 — Le Coucher des ouvrières en modes, gravé par Dequevauviller (16).

Superbe épreuve, *avant l'adresse de Bance*. Grandes marges.

135 — Le Directeur des toilettes, gravé par Voyez l'aîné (21).

Belle épreuve. Sans marge.

136 — L'Heureux moment, gravé par De Launay (28).

Superbe épreuve.

137 — L'Innocence en danger, gravé par Caquet (31).

Très belle épreuve.

138 — La Marchande à la toilette, gravé par Vidal (37).

Très belle épreuve.

139 — Le Mercure de France, gravé par Guttenberg (38).

Superbe épreuve, *avec la première adresse.*

140 — Qu'en dit l'Abbé?, gravé par De Launay (51).

Très belle épreuve.

141 — Le Retour trop précipité, gravé par Pierron (54).

Très belle épreuve, du 1er état, *avant la ligne de vers*

142 — Les Sabots, gravé par Couché (57).

Superbe épreuve du 2e état (sur quatre), *avant la dédicace.*

143 — Les Soins mérités, gravés par De Launay (60).

Très belle épreuve.

LE BRUN (D'après Mme VIGÉE)

144 — Monseigneur le Dauphin et Madame, fille du Roi, par BLOT.

Superbe épreuve. Grandes marges.

LEGRAND et **DUTHÉ**

145 — Le Départ. — La Débauche. — La Ruine, etc.

Suite de six pièces, *imprimées en couleurs.*

LE PRINCE (D'après J.-B.)

146 — L'Amour à l'Espagnole, gravé par A. de SAINT-AUBIN et PRUNEAU (E. B. 455).

Très belle épreuve.

147 — Le Médecin clair-voyant. — Le Marchand de lunettes. Gravés par HELMAN.

Deux pièces faisant pendants. Très belles épreuves, *avant la dédicace.*

LEVACHEZ

148 — Joséphine, Impératrice des Français.

Imprimée en couleurs. Belle épreuve. *Rare.*

LIOTARD (D'après J.-E.)

149 — Mademoiselle Lavergne, nièce de M. Liotard, gravé par DAULLÉ et RAVENET.

Superbe épreuve.

MOREAU LE JEUNE (D'après)

150 — Au Roi. — A la Reine. Gravés par Le Mire (E. B. 30 et 33). 50

Deux planches faisant pendants. Très belles épreuves du second état, *avant l'adresse de Petit.*

151 — Déclaration de la grossesse, gravé par Martini (E. B. 1348). 465

Superbe épreuve, *avec A. P. D. R.*

152 — Les Petits Parrains, gravé par Baquoy (E. B. 1353). 490

Magnifique épreuve, *avec A. P. D. R.*

153 — Le Rendez-vous pour Marly, gravé par Guttenberg (E. B. 1356). 535

Superbe épreuve, *avec A. P. D. R.*

154 — Les Adieux, gravé par De Launay (E. B. 1357). 625

Magnifique épreuve, *avec A. P. D. R.*

155 — La Dame du palais de la Reine, gravé par Martini (E. B. 1359). 170

Très belle épreuve, *avec A. P. D. R.*

156 — La Petite toilette, gravé par Martini (E. B. 1361). 205

Superbe épreuve, *avec A. P. D. R.*

157 — La Grande toilette, gravé par Romanet (E. B. 1362). 195

Très belle épreuve, *avec A. P. D. R.*

MOREAU LE JEUNE (D'après)

158 — Oui ou non, gravé par THOMAS (E. B. 1366).

Superbe épreuve, *avec A. P. D. R.*

159 — La Petite loge, gravé par PATAS (1368).

Superbe épreuve, *avec A. P. D. R.*

PATER (D'après J.-B.)

160 — L'Aimable entrevue, gravé par J. TARDIEU.

Superbe épreuve.

161 — L'Amour et le badinage, gravé par FILLŒUL.

Superbe épreuve.

162 — Le Baiser donné. — Le Baiser rendu. Gravés par FILLŒUL.

Deux pièces faisant pendants. Très belles épreuves.

163 — Le Désir de plaire. — Le Plaisir de l'été. Gravés par SURUGUE.

Deux pièces faisant pendants. Superbes épreuves.

PETERS (D'après le Révérend)

164 — The Fortune teller. — The Gamesters.

Deux très belles épreuves, gravées à la manière noire, par J.-R. SMITH et W. WARD. *Rares.*

RUSSEL (D'après)

165 — Tom and his pidgeons. — The Favorite rabbit. Gravés par KNIGHT.

Deux pièces se faisant pendants. Belles épreuves, *imprimées en couleurs.*

SAINT-AUBIN (Augustin de)

166 — Comptez sur mes serments (E. B. 407).

Superbe épreuve du 2ᵉ état avec le nom seul de Saint-Aubin, *avant* toute autre lettre.

SAINT-AUBIN (D'après A. de)

167 — Tableau des portraits à la mode. — La Promenade des remparts de Paris. Gravés par Courtois (E. B. 378 et 382).

Très belles épreuves, sans marge sur trois côtés.

168 — Le Concert, gravé par Duclos (E.-B. 403).

Très belle épreuve.

SAINT-AUBIN (D'après G. de)

169 — La Guinguette, divertissement pantomime. — Ballet, danse à l'Opéra. Gravés par Basan.

Deux pièces faisant pendants. Superbes épreuves. Très grandes marges.

SCHALL (D'après Fr.)

170 — Le Premier baiser de l'Amour. — Le Premier mouvement de la Nature. Gravés par Legrand.

Deux pièces faisant pendants. Superbes épreuves, *avant les vers*, la seconde imprimée en bistre.

171 — Emile vainqueur à la course. — La Frayeur maternelle. — La Mère abandonnée. Gravés par Vidal, Vonet et Schencker.

Trois pièces. Belles épreuves.

172 — Le Modèle disposé, gravé par Chaponnier.

Très belle épreuve.

SERGENT

173 — Necker, d'après Duplessis.

Belle épreuve, *imprimée en couleurs.*

TROY (D'après De)

174 — Toilette pour le bal. — Retour du bal. Gravés par Beauvarlet.

Deux pièces faisant pendants. Très belles épreuves Grandes marges.

VANGORP (D'après)

175 — C'est papa, gravé par De Launay.

Superbe épreuve, à très grandes marges.

VANLOO (D'après C.)

176 — La Lecture espagnole. — La Conversation Espagnole. Gravés par Beauvarlet.

Deux très belles épreuves faisant pendants, *avant la lettre* (la seconde doublée).

177 — La Sultane. — La Confidence. Gravés par Beauvarlet.

Deux pièces faisant pendants. Très belles épreuves, *avant la lettre.*

VERNET (D'après Carle)

178 — L'Inconvénient des perruques, gravé par Darcis.

Superbe épreuve, *imprimée en couleurs,* à très grandes marges.

179 — Oh! c'est bien ça, gravé par Levachez.

Belle épreuve, à grandes marges, *coloriée.*

WATTEAU (D'après A.)

180 — Les Habits sont italiens, gravé à l'eau-forte par Watteau, terminé par Simonneau (G. I.).

Très belle épreuve du 3ème état (sur 5). Avant que l'on ait remplacé l'adresse de Sirois, par celle de Chereau.

181 — Fêtes au Dieu Pan, gravé par Aubert (40). — Le Triomphe de Cérès, gravé par Crepy (43).

Deux pièces. Très belles épreuves.

182 — L'Amour au théâtre français. — L'Amour au théâtre italien. Gravés par Cochin (65 et 69).

Deux superbes épreuves faisant pendants.

183 — Comédiens italiens, gravé par Baron (68). — Départ des comédiens italiens en 1697, gravé par Jacob (70).

Deux pièces. Très belles épreuves.

184 — Coquettes qui pour voir galants au rendez-vous, gravé par Thomassin (78). — Les Entretiens badins, gravé par Audran (132).

Deux pièces. Très belles épreuves.

185 — La Finette, gravé par Audran (83).

Très belle épreuve.

186 — Mezetin, gravé par Audran (86).

Magnifique épreuve. Grandes marges.

WATTEAU (D'après A.)

187 — La Rêveuse, gravé par Aveline. — La Villageoise, gravé par Aveline (88 et 90)

Deux pièces. Très belles épreuves.

188 — L'Accord parfait, gravé par Baron (97).

Très belle épreuve.

189 — Les Agréments de l'été, gravé par Joulin (100).

Superbe épreuve.

190 — Amusements champêtres, gravé par Audran (104).

Magnifique épreuve.

191 — Le Bosquet de Bacchus, gravé par Cochin (113).

Très belle épreuve.

192 — Les Charmes de la vie, gravé par Aveline (117).

Superbe épreuve. Grandes marges.

193 — La Conversation, gravé par Liotard (123).

Très belle épreuve.

194 — La Danse paysanne, gravé par Audran (125).

Belle épreuve.

195 — L'Embarquement pour Cythère, gravé par Tardieu (128).

Superbe épreuve.

WATTEAU (D'après A.)

196 — Fêtes Vénitiennes, gravé par L. Cars (135).

Magnifique épreuve. Très grandes marges.

197 — The Island of Cytherea, gravé par Picot (141).

Superbe épreuve, imprimée en bistre. *Rare.*

198 — Le Lorgneur, gravé par Scotin (146).

Très belle épreuve.

199 — La Lorgneuse, gravé par Scotin (147).

Superbe épreuve.

200 — La Musette, gravé par Moyreau (149).

Très belle épreuve.

201 — Pierrot content, gravé par Jeaurat (153).

Magnifique épreuve.

202 — La Proposition embarrassante, gravé par Keyl (158).

Très belle épreuve.

203 — Arlequin, Pierrot, Scapin, en dansant ont l'âme ravie, etc. (75). — Pour nous prouver que cette belle (177). Gravés par Surugue.

Superbes épreuves, imprimées sur une seule feuille.

204 — Feste bacchique. — La Balanceuse. — Partie de chasse. — Le May. Gravés par Moyreau, Le Bas, Scotin et Aveline (199-202).

Superbes épreuves, à très grandes marges, de cette belle suite connue sous le nom de grandes arabesques.

WATTEAU (D'après A.)

205 — Apollon. — Diane. Gravés par HUQUIER.

Deux pièces faisant pendants. Très belles épreuves.

206 — Les Singes de Mars, gravé par MOYREAU (271).

Superbe épreuve.

207 — L'Enjôleur. — Le Vendangeur. — Bacchus. Le Frileux. Gravés par AVELINE et MOYREAU (237 à 240).

Quatre pièces faisant suite. Superbes épreuves.

208 — Le Marchand d'orviétan. — La Favorite de Flore. Gravés par MOYREAU (301-302).

Deux pièces faisant pendants. Superbes épreuves.

SECOND JOUR DE VENTE

ESTAMPES MODERNES

BARYE (Antoine-Louis)

209 — Etude de chats (L. D. 8).

Très belle épreuve.

BELLEROCHE (A.)

210 — Mlle Gildys. — Étude de femme, le menton dans la main. — Ens. 2 lithogr. grand in-folio.

Très belles épreuves, la première imprimée en bistre et *signée*.

BRACQUEMOND (Félix)

211 — Léon Cladel (B. 21), avec timbre de l'Estampe originale. — Erasme, d'après Holbein (39), 9e état, avec le nom de Salmon. — 2 planches.

Très belles épreuves, *signées*.

212 — Edmond de Goncourt (54).

Très belle épreuve *sur japon*, *signée*.

213 — Au Jardin d'Acclimatation, 2e planche (214). — La Terrasse de la villa Brancas (215), 7e état, avant lettre. — 2 planches.

Belles épreuves *sur japon*, la première *signée*.

BRACQUEMOND (Félix)

214 — La Nuée d'Orage (219).

Très belle épreuve sur hollande, *signée.*

215 — Le Lapin de Garenne (220) 2e état, avec le fond.

Très belle épreuve, *signée.*

216 — Ebats de Canards (221), état terminé.

Très belle épreuve sur japon, *signée.* (Légères piqûres.)

217 — Les Mouettes (223).

Très belle épreuve avec le ciel et la mer, sur japon, *signée.*

218 — Jeannot Lapin (D. 9).

Très belle épreuve, *signée.*

219 — Le Coq de France, ou Vive le Tsar (D. 11). — Gypaète, 2 épreuves d'états différents, l'une signée. — Ens. 3 planches.

BUHOT (Félix)

220 — Les Gardiens du Logis ou les Amis du Saltimbanque (76).

Très belle épreuve du 2e état, *avant la coupure du cuivre, signée et légendée.* (Tirage à 4 ou 5 épr.)

221 — La Fête Nationale (81).

Superbe épreuve, *signée* et *annotée* par l'artiste : *Essai tiré à quatre épreuves planche effacée. Félix Buhot. Très rare.*

BUHOT (Félix)

222 — Une Matinée d'hiver au quai de l'Hôtel-Dieu (123).

Très belle épreuve du 3e état (sur 4) avec les croquis dans la marge du bas, *signée et annotée*, sur vieux hollande.

223 — La Fête nationale au boulevard de Clichy (127).

Très belle épreuve du 3e état, *signée et annotée par l'artiste. Épreuve d'essai.*

224 — Un Grain à Trouville (122).

Très belle épreuve signée. Ensemble 2 planches.

225 — Un Débarquement en Angleterre (130).

Très belle épreuve *sur papier essencé, timbrée.*

226 — Les Grandes Chaumières (150).

Très belle épreuve du 4e état (sur 5) *avec les barbes, timbrée.*

227 — Westminster Palace (155).

Très belle épreuve du 5e état, définitif, l'une des premières tirées, *avec les mots in progress for, timbrée, avec dédicace signée.*

228 — Westminster Bridge ou Westminster Clock Tower (156).

Très belle épreuve sur papier légèrement essencé, *timbrée.*

BUHOT (Félix)

229 — Environs de Gravesend (157).

Très belle épreuve du 2e état (avec les deux hommes sur le quai), sur papier essencé, *timbrée, signée et annotée par Buhot, 2e état.*

230 — Les Esprits des villes mortes (160).

Très belle épreuve du 4e état, avec les barbes, sur papier essencé, *avec légende et dédicace autographe de Buhot à Monsieur Fillon.* (Fatiguée au coup de planche.)

231 — Le Port aux Mouettes (162).

Très belle épreuve, *signée et légendée par l'artiste : « 3e état. Félix Buhot. Port aux Mouettes ».*

— La même, contre-épreuve du 1er état.

Ensemble, 2 planches sur papier essencé.

232 — La Place des Martyrs et la Taverne du Bagne (163).

Très belle épreuve d'essai du 3e état, tirée en bistre transparent, *sur japon essencé, timbrée et signée.*

233 — La Falaise, Baie de Saint-Malo (165).

Très belle épreuve du 2e état, avec les marges symphoniques avec navires à gauche et à droite. (Ces marges sont celles du Port aux Mouettes). Sur japon, *avec dédicace signée à Monsieur Fillon.*

CARRIÈRE (Eugène)

234 — Mme Eugène Carrière, grande planche, ou Le Modèle vénitien (L. D. 15).

Très belle épreuve, avec le timbre de l'Estampe originale, *signée et numerotée.*

CARRIÈRE (Eugène)

235 — Alphonse Daudet (16).

Très belle épreuve tirée en bistre, avec timbre de l'Estampe originale, *numérotée et signée.*

236 — Elise Riant (19).

Très belle épreuve *imprimée en sanguine*, sur chine. *Rare.*

237 — Maternité, grande planche (38).

Très belle épreuve tirée *en bistre*, sur chine.

238 — Marguerite Carrière, 2e planche (43).

Très belle épreuve tirée en bistre sur chine fixé.

CASSATT (Mary)

239 — La Couturière.

Très belle épreuve imprimée en couleurs, signée et annotée par l'artiste. *Imprimée par l'artiste et M. Leroy, 25 épreuves.*

240 — L'Image.

Très belle épreuve, *signée.*

241 — Jeune Mère assise sur un canapé, enlaçant et tenant par les mains sa fillette assise contre elle. — Grand in-folio en hauteur.

Très belle épreuve, *signée et numérotée.*

242 — La Leçon de Tricot.

Très belle épreuve *signée et numérotée*, l'une des 6 sur papier bleu ancien. (Trace de pli.)

CASSATT (Mary)

243 — Mère avec son enfant sur les genoux (tous deux de trois quarts à gauche, in-8 en hauteur).

Très belle épreuve sur japon.

244 — Portrait de Fillette coiffée d'une capote, assise, regardant à droite, les mains jointes sur les genoux.

Très belle épreuve, *signée.*

CHAHINE (Edgar)

245 — La Banquiste. — La Voyante, épreuve d'essai, 2 planches.

Très belles épreuves, *signées*, la première *numérotée.*

246 — Brune et Blonde. — Suzette, 2 planches.

Très belles épreuves, *signées et numérotées.*

247 — Le Chemineau.

Très belle épreuve, *signée et numérotée. Très rare.*

248 — Germaine de face, en buste. — Germaine de profil, en buste, 2 planches.

Très belles épreuves sur japon, *signées et numérotées.*

249 — L'Italienne (Me B.). — Mendiante à l'Église, 2 planches.

Très belles épreuves, *signées et numérotées.*

CHAHINE (Edgar)

250 — Lérand, dans Rodin, du *Juif-Errant.* — Anatole France (sur japon). — Mlle de Carvalos, 3 planches.

Très belles épreuves, *signées*, la dernière *numérotée.*

251 — Louise France, à mi-jambes.

Superbe épreuve *avant la signature*, sur japon, *signée.*

252 — Louise France, tête seule.

Très belle épreuve, *signée.*

253 — Portrait de Mlle L. B. — Mlle Noyes, 2 planches.

Très belles épreuves sur japon, *signées*, la première *numérotée.*

254 — Sans Travail.

Superbe épreuve sur japon, *signée et annotée par l'artiste : Épreuve tirée avant l'aciérage et par moi. Chahine.*

COROT (Camille)

255 — Ville-d'Avray : l'Étang au Batelier (L. D. 3).

Très belle épreuve du 2e état, *avant* le trait échappé, sur chine.

256 — Souvenir d'Italie (5).

Très belle *et très rare* épreuve du 1er état, *avant toute lettre.* (Petite tache.)

257 — Paysage d'Italie (7).

Belle épreuve tirée sans lettre.

DAUMIER (Honoré)

258 — Devant M. le Maire; moment intéressant où deux époux se jurent... (L. D. 773).

Très belle et très rare épreuve du 1er état, *avant lettre.* (Trace de pli.)

259 — Un Habit à la mode. Monsieur, je vous jure que cet habit avantage beaucoup... (793).

Très belle et très rare épreuve du 1er état, *avant lettre.* (Trace de pli.)

260 — Un Vainqueur de Steeple-Chase. Ainsi tu me certifies que je suis arrivé le premier... (796).

Très belle et très rare épreuve du premier état, *avant lettre.*

DELACROIX (Eugène)

261 — Le Christ au roseau (14).

Très belle et très rare épreuve du 1er état, *avant la date.*

262 — Un Forgeron (19).

Très belle épreuve du 2e état, avec les essais d'aquatinte et les croquis de marge.

263 — Feuille de quatre médailles antiques (43).

Très belle et rare épreuve du 1er état, *avant* le nom de l'imprimeur.

264 — Cheval sauvage ou cheval effrayé, sortant de l'eau (78).

Très belle et rare épreuve du 1er état, *avant lettre.* (Légères piqûres.)

DELACROIX (Eugène)

265 — La Sœur de Duguesclin (81), 2e état. — Duguesclin (82), 1er état, 2 planches.

Très belles et rares épreuves, *avant lettre.*

266 — La Reine s'efforce de consoler Hamlet (103).

Très belle et *très rare* épreuve du 1er état, *avant lettre.*

267 — Le Meurtre de Polonius (111).

Superbe et rare épreuve du 1er état, *avant le trait carré.* (Légères piqûres.)

268 — Gœtz de Berlichingen écrivant ses Mémoires (122).

Très belle épreuve du 2e état, *les bords non rectifiés.* (Légères piqûres.)

FANTIN-LATOUR (Henri)

269 — Scène première du Rheingold (H. 8).

Superbe et très rare épreuve du 1er état, *avant* le nom de Lemercier (tirage 7 ou 8 épreuves), sur chine bleuté. *Avec dédicace signée.*

270 — Tannhœuser. Venusberg, 2e planche (9).

Très belle épreuve sur chine rosé, *avec dédicace, signée.*

271 — Rinaldo, 2e planche (19).

Belle épreuve sur chine, *signée.* (Doublée.)

272 — Frontispice : Le Génie de la Musique (35).

Très belle épreuve du 2e état, l'une des 25 sur chine, *signée.*

FANTIN-LATOUR (Henri)

273 — Evocation de Kundry, 2e planche (43).

Très belle épreuve du 2e état, l'une des 25 sur japon, *signée.*

274 — Götterdämmerung : Siegfried et les Filles du Rhin, 2e planche (51).

Très belle épreuve sur chine volant, imprimé en noir bistré, *signée. Rare.*

275 — Poèmes d'Amour, 2e planche (58).

Très belle épreuve du 2e état, sur chine. *Rare.*

276 — La Gloire (94).

Très belle épreuve du 2e état, sur chine, *signée. Rare.*

277 — La Tentation de Saint Antoine (110).

Très belle épreuve avec le timbre de l'Estampe originale, *signée et numérotée.*

278 — Poèmes d'Amour, 3e planche (112).

Très belle épreuve du 2e état, sur chine volant. *Rare.* (Légères piqûres.)

279 — Ballet des Troyens (114).

Très belle épreuve sur chine volant, *signée. Rare.*

280 — Duo des Troyens, 6e planche (117).

Très belle épreuve, l'une des 10 du 3e état, *avant lettre*, sur chine, *signée.*

281 — Sèmiramide (118).

Très belle épreuve sur chine volant.

FANTIN-LATOUR (Henri)

282 — Inspiration, 2e planche (121).

Très belle épreuve d'essai, *avec dédicace, signée et datée, à G. Hédiard.*

283 — Pastorale (127).

Très belle épreuve du 2e état, sur chine volant. *Rare.*

284 — Baigneuses, 3e grande planche (128).

Très belle épreuve sur chine volant, *avec dédicace, signée : A G. Hédiard. Rare.*

285 — Danses (140).

Très belle épreuve sur chine.

286 — Les Brodeuses (143).

Très belle épreuve sur chine.

287 — Andromède (158).

Très belle épreuve avec remarque, sur japon, numérotée 66 (sur 100).

GAILLARD (Ferdinand)

288 — L'Homme à l'œillet, d'après Van Eyck (B.25).

Superbe épreuve du 5e état, *avec la signature à la pointe* au milieu de la marge, sur chine, *signée et datée : 1872.*

289 — Dom Prosper Guéranger (B. 38).

Superbe épreuve *avant toute lettre,* sur chine, *signée.*

290 — Monseigneur Pie (40).

Très belle épreuve avant les armes, sur chine, *signée.* (Légères piqûres.)

GAILLARD (Ferdimand)

291 — Le Père Hubin (42).

Très belle épreuve avec la remarque et les X en marge, sur chine.

GAVARNI

292 — Bourmancé (M. et E. B. 4 RRR). — Gavarni (34) 3e état (sur 5). — Napoléon Bonaparte (75). — Decamps (76). — Gulnare (Mlle Waldore) (72) 1er état. — Les Femmes artistes, Masques et Visages, Portrait de Gavarni, par Lafosse, etc. Ens. 19 planches.

Très belles épreuves.

293 — La Marseillaise des Femmes (112 R) 1er état. — Les Chevaliers de la Belle-Étoile (1564) 2e état. — Déjeuner de Garçon, Promenade (2062 R-2063 R). — Bonjour, Ami ! (2064). — La Croix de Jésus (2066) 2e état. — Balayeur des Rues (2073). — Marchand de Casseroles (2074). Ens. 8 planches.

Très belles épreuves, 5 sur chine.

GÉRICAULT (Théodore)

294 — Bouchers de Rome (C. 1).

Très belle épreuve. *De toute rareté.*

295 — Retour de Russie (12).

Très belle et *très rare* épreuve du 1er état, *avant le titre*, imprimée à deux teintes. (Quelques piqûres, légère cassure.)

GÉRICAULT (Théodore)

296 — The Piper (26).
Superbe épreuve.

297 — Pity the Sorrows of a Poor old Man (27).
Très belle épreuve.

298 — Entrance to the Adelphi Warf (31).
Très belle épreuve.

HELLEU (Paul)

299 — Mme la Desse de Marlborough.
Superbe épreuve, *signée*.

300 — Madeleine Dolley. — Liane de Pougy. — 2 planches.
Très belles épreuves, imprimées en couleurs, *signées*.

301 — Mlle de Savery. — Mme la Pesse de Plesse. — 2 planches.
Très belles épreuves, imprimées en couleurs, *signées*.

302 — Mlle D. M. (au masque). — Marguerite Brésil. — 2 planches.
Très belles épreuves, imprimées en couleurs, *signées*.

303 — Miss Stuart Taylor, au collet de fourrure. — Miss Stuart Taylor en jaquette. — 2 planches.
Très belles épreuves, *signées*, la première imprimée en couleurs.

HELLEU (Paul)

304 — La Petite Fille aux Anglaises. — Petite Fille américaine de face, en capote. — 2 planches grand in-folio.

Très belles épreuves, *signées.*

305 — Cinq études de jeune fille. — Quatre études de femmes et fillette. — Ensemble 2 lithographies grand in-folio.

Très belles épreuves sur chine, *signées et annotées : tirée à (4 et 5), pierre détruite. Rares.*

INGRES (J.-A.-D.)

306 — Odalisque (D. 9).

Belle épreuve. (Déchirure réparée en marge.)

JACQUE (Charles)

307 — La Sortie des Moutons (G. 452). — Troupeau à la lisière d'un Bois (453). — Dans le Bois (454). — 3 planches.

Très belles épreuves, *2 sur japon et signées.*

308 — Troupeau de Vaches à l'abreuvoir, effet de soir (458). — Troupeau de Porcs (459). — 2 planches.

Très belles épreuves, la première sur japon, *signée.*

309 — Abreuvoir aux Moutons (470). — Bergère faisant rentrer son troupeau, 1890. — 2 planches.

Très belles épreuves *avec remarque*, sur japon, la première *signée.*

HADEN (F.-Seymour)

310 — Fulham (Harrington 19).

Très belle épreuve du 2e état, avec le pont en bois, *signée.*

311 — Battersea Reach (52).

Très belle épreuve du 2e état, avec le chat.

312 — Railway Encroachment (74).

Très belle épreuve, *signée.*

313 — Brentford Ferry (75).

Très belle épreuve. (Légères piqûres.)

314 — Towing Path (77).

Très belle épreuve, *avant l'effaçage* de la femme, *signée.*

315 — Mount's Bay (127).

Très belle épreuve avec la signature en haut à gauche, *signée.*

316 — Wareham Bridge (176).

Très belle épreuve, *signée.*

317 — Harlech, 2e planche (212).

Très belle épreuve. (Quelques piqûres.)

318 — L'Agamemnon (229).

Très belle épreuve, *signée.* (Quelques piqûres.)

LAUTREC (Henri de Toulouse-)

319 — A la Brasserie (Femme au café avec son chien).

Très belle épreuve, *timbrée, signée et numérotée.*

LAUTREC (HENRI DE TOULOUSE-)

320 — Amazone et tonneau.

Très belle épreuve. *Rare.*

321 — Au Bal Public.

Très belle épreuve, imprimée en ton verdâtre, sur japon, *timbrée.*

322 — Au Théâtre.

Très belle épreuve, *imprimée en couleurs.*

323 — Ida Heath dansant.

Très belle épreuve, imprimée en vert, *timbrée. Rare.*

324 — Lender en buste.

Très belle épreuve, *imprimée en couleurs,* à grandes marges.

325 — Lender assise.

Très belle épreuve.

326 — Luce Myrès, de face.

Très belle épreuve, imprimée en vert, *timbrée* et *numérotée. Rare.*

327 — Luce Myrès, de profil à droite.

Très belle épreuve, imprimée en vert. *Rare.*

328 — May Belford en scène, de profil à gauche, avec chat noir de face.

Très belle épreuve. *Rare.*

329 — May Belford, nu-tête, de trois quarts à gauche, chantant.

Très belle épreuve, *timbrée.*

LAUTREC (Henri de Toulouse-)

330 — Mlle Pois-Vert.

Très belle épreuve, imprimée en ton verdâtre.

331 — Napoléon en Égypte.

Très belle épreuve, *imprimée en couleurs, signée.* (Petite déchirure en marge.)

332 — Partie de Campagne (ou le Tonneau).

Très belle épreuve, *imprimée en couleurs, timbrée et numérotée.*

333 — Rencontre au Moulin-Rouge.

Très belle épreuve, *imprimée en couleurs, signée et numérotée.*

334 — Sur le Pont.

Très belle épreuve, *imprimée en couleurs, timbrée.*

LEGRAND (Louis)

335 — Le Fils du charpentier (R. 67).

Très belle épreuve sur japon, *signée*, imprimée en bistre.

336 — Espiègle. — La Petite Fille à la Raquette. 2 planches.

Très belles épreuves sur japon, *signées.*

337 — Le Souper de l'apache.

Très belle épreuve, *signée.*

338 — Soupeurs.

Très belle épreuve, imprimée en couleurs, *signée et numérotée.*

LEGROS (Alphonse)

339 — Vieil Espagnol (P. M. et Th. 21). — Le Grand Espagnol (28). 2 planches.

Très belles épreuves.

340 — Lord Alfred Tennyson (107). — Étude de Tête d'Homme (109). Ens. 2 planches.

Très belles épreuves sur chine, *signées*.

341 — Le Triomphe de la Mort. Le Départ (454).

Très belle épreuve entre le 4e et le 5e état, avec la crinière du cheval, mais avant la coupure du cuivre. *Signée*.

342 — Longfellow (496).

Très belle épreuve sur chine, *signée*.

343 — L'Adoration des Bergers (526).

Très belle épreuve sur papier ancien verdâtre, *signée*. *Rare*.

344 — Les Mendiants de Bruges (537).

Très belle épreuve, *signée*.

345 — Le Triomphe de la Mort. La Proclamation (557).

Très belle épreuve, *signée*.

346 — Miss Nora E. Legros (568).

Très belle épreuve, *signée*. *Rare*.

347 — Mlle Simpson.

Très belle épreuve, imprimée en sanguine, sur fond verdâtre.

LEHEUTRE (Gustave)

348 — Le Bassin Neuf à La Rochelle.

Très belle épreuve, *signée et numérotée.*

349 — Le Chemin de Halage.

Très belle épreuve, *signée et numérotée.*

350 — La Rosace de Saint-Pierre, à Troyes.

Superbe épreuve, l'une des 12 *avant la signature, signée et numérotée.*

351 — La Ruelle des Chats à Troyes.

Très belle épreuve, *signée et numérotée.*

LEPÈRE (Auguste)

352 — La Lecture (L. B. 13).

Très belle et rare épreuve du 1er état, *avant le fond,* imprimée en sanguine, *timbrée, signée et numérotée.*

353 — L'Appel des Balayeurs, la Nuit (16).

Très belle épreuve, *timbrée, signée et annotée par l'artiste : 4e état, no 2, tir. 2 épreuves.*

354 — Départ pour Greenwich (30).

Très belle épreuve du 3e état, avant l'aciérage, *timbrée, signée et annotée* (au verso) par l'artiste : *planche tirée à 15 épreuves (état) avant le tirage définitif.*

355 — Le Retour de Greenwich, la Nuit; grande planche (31).

Superbe épreuve, *timbrée, signée et annotée* par l'artiste : *1er état. No 1.*

LEPÈRE (Auguste)

356 — Pêcheurs fuyant l'orage (49).

Très belle épreuve de l'état définitif, *timbrée, signée et numérotée.*

357 — Le Pont des Arts (103).

Très belle épreuve sur japon, *timbrée, signée et annotée* par l'artiste : *4e état, no 2, tirage 5 épreuves.*

358 — Le Pont-Neuf (124).

Très belle épreuve sur japon pelure, *signée et numérotée.*

359 — L'Abreuvoir au Pont-Marie, première planche (128).

Très belle épreuve, *signée.*

360 — La Rue de la Montagne-Sainte-Geneviève (146).

Très belle épreuve sur japon pelure, avec le timbre de l'Estampe Originale. *Rare.*

361 — Fête donnée aux Tuileries, d'après H. Baron (162).

Très belle épreuve avec remarque, sur japon, *signée.*

362 — Le Parlement à 9 heures du soir. Londres (231).

L'une des plus remarquables et des plus rares planches de l'œuvre; tirage à 10 épreuves environ. *Superbe épreuve* sur japon mince, *timbrée et signée.*

363 — A la Foire de Saint-Jean-de-Mont.

Très belle épreuve, *signée et numérotée.*

LEPÈRE (Auguste)

364 — La Cathédrale d'Amiens, jour d'Inventaire.
Très belle épreuve sur japon mince, *signée*. 265

365 — La Chaumière du Vieux Pêcheur. 170
Très belle épreuve, *signée et numérotée*.

366 — Le Dimanche au Cabaret.
Très belle épreuve, *signée et numérotée*.

367 — L'Enfant Prodigue.
Très belle épreuve du 2e état (tiré à 8 épr.), sur japon pelure, *signée et numérotée*. 255

368 — L'Orage sur la Dune.
Très belle épreuve, *signée et numérotée*.

369 — Vue de Clisson, avec le pont et le vieux château.
Très belle épreuve, *signée et numérotée*.

MANET (Édouard)

370 — Le Guitariste (M. N. 4). 260
Superbe et *très rare* épreuve du 2e état, *avant la signature et le fond* sur chine.

371 — Les Petits Cavaliers, d'après Vélasquez (5). 70
Très belle épreuve du 3e état, *avec les inscriptions* sur chine.

MERYON (Charles)

372 — Le Stryge (23).

Très belle épreuve du 5e état, *avant lettre.*

373 — Le Petit Pont (24).

Très belle épreuve du 5e état (sur 6), la lettre non encrée.

374 — La Morgue (36).

Superbe épreuve du 4e état, *avant le titre.*

MILLET (Jean-François)

375 — L'Homme appuyé sur sa bêche (L. D. 3). — Les Deux vaches (4) 4e état (sur 5). Ensemble 2 planches.

Belles épreuves.

376 — La Couseuse (9).

Très belle épreuve.

377 — La Baratteuse (10).

Très belle épreuve.

378 — Les Glaneuses (12).

Très belle épreuve.

379 — La Fileuse Auvergnate (20).

Très belle épreuve.

380 — Le Semeur (22).

Très belle épreuve.

RAFFET (AUGUSTE)

381 — Le Colonel du 17e léger (G. 7). — Le Drapeau du 17e léger (83). — 2 planches.

Très belles épreuves, la première sur grand chine, la seconde sur chine.

382 — Louis Blanc (9). — Souvenir de Santicios (14) *avant le titre.* — Le Blanc, lieutenant-colonel du génie (17), 2e état (sur 3). — Ens. 3 planches.

Très belles épreuves sur chine, les deux premières *très rares.*

383 — Retraite du Bataillon sacré à Waterloo (80). 465

Superbe épreuve *sur grand chine.*

384 — Combat d'Oued-Alleg (82).

Très belle épreuve du premier tirage, *avec l'adresse de la rue Favart, sur grand chine.*

385 — Le Rêve (86).

Très belle et rare épreuve d'essai, *avant toute lettre*, sur chine.

386 — Affiche pour Napoléon en Egypte, poème de Barthélemy et Méry (119). 180

Très belle épreuve, *avant lettre. Rare.*

387 — Le Marchand de Chansons (159 R). — Un Turc (160 RR). 2 planches.

Très belles épreuves, la seconde *de toute rareté* (tirage 5 épreuves).

RAFFET (Auguste)

388 — Infanterie Polonaise marchant à l'ennemi, 1813 (161).

Très belle épreuve *du 1er tirage, sur grand chine.*

389 — Les Drapeaux, 2e planche (197).

Très belle épreuve sur chine. *Très rare.*

RODIN (Auguste)

390 — Buste de Bellone (L. D. 3).

Très belle épreuve sur japon.

391 — Victor Hugo de face (7).

Très belle épreuve du 3e état, *avant la coupure du cuivre.*

392 — Henri Becque (9).

Très belle épreuve du 3e état, avec le timbre de l'Estampe originale, *signée des initiales et numérotée.*

RUDE (François)

393 — Pêcheur napolitain (L. D. 1).

Très belle épreuve.

THAULOW (Fritz)

394 — Audenarde le soir.

Très belle épreuve imprimée en couleurs, *signée et numérotée. Rare.*

395 — L'Escalier de marbre.

Très belle épreuve imprimée en couleurs, *signée et numérotée. Très rare.*

THAULOW (Fritz)

396 — Les Mouettes.

Très belle épreuve imprimée en couleurs, *signée et numérotée. Rare.*

397 — Le Pont de Vérone.

Très belle épreuve imprimée en couleurs, *signée et numérotée. Très rare.*

398 — La Rivière.

Très belle épreuve imprimée en couleurs, *signée et numérotée. Rare.*

TISSOT (James)

399 — Mavourneen (B. 24).

Très belle épreuve, *timbrée et signée. Très rare.*

400 — Histoire ennuyeuse (25).

Très belle épreuve sur papier ancien, *signée et timbrée. Rare.*

WHISTLER (James Mac Neil)

401 — Bibi Valentin (Wedmore 28).

Très belle épreuve.

402 — Tyzac, Whiteley and C° (ou Eagle Wharf) (39).

Très belle épreuve sur japon. (Déchirure en marge.)

403 — Black Lion Wharf (40).

Très belle épreuve.

WHISTLER (James Mac Neil)

404 — Billingsgate (45).

Très belle épreuve.

405 — Rotherhithe (60).

Très belle épreuve.

406 — Florence Leyland (96).

Très belle épreuve.

407 — The « Adam and Eve ». Old Chelsea (144).

Très belle épreuve, *sur papier ancien.*

408 — Gants de Suède (W. 26). — The Long Gallery, Louvre (52). — La Robe rouge (68). 3 planches.

Très belles épreuves du Studio. On a joint le portrait de Whistler, par T. R. Way, *épreuve signée.* Ens. 4 planches.

ZORN (Anders)

409 — Zorn et sa Femme (L. D. 42).

Très belle épreuve sur japon, *signée. Rare.*

410 — Mme Armand Dayot (47).

Superbe épreuve sur japon. *De toute rareté.*

411 — Dans l'Atelier (48).

Superbe épreuve sur japon. *De toute rareté.*

ZORN

412 — La Valse ou Soirée Dansante (54).
Très belle épreuve sur japon, *signée. Rare.*

413 — Mme Olga Bratt (43).
Très belle épreuve, *signée de l'initiale. Très rare.*

414 — Henri Marquand (81).
Superbe épreuve, *signée. Rare.*

415 — Paul Verlaine, 1re planche (92).
Très belle épreuve.

416 — Paris, Effet de nuit, 3e planche (140).
Superbe épreuve du 1er état, *avant l'effaçage des chaises, signée de l'initiale. Excessivement rare.*

417 — Mrs Grover Cleveland (144).
Très belle épreuve, *signée.*

418 — Au piano (Miss Anna Burnett) (159).
Très belle épreuve, *signée.*

419 — Devant le Poele (172).
Très belle épreuve du 2e état, *signée.*

420 — Mlle Emma Rassmussen (182).
Très belle épreuve, *signée.*

421 — Mrs Skip (183).
Superbe épreuve, *signée. Rare.*

ZORN

122 — Raccommodage (198).

Très belle épreuve, *signée*.

123 — Eté (210).

Très belle épreuve.

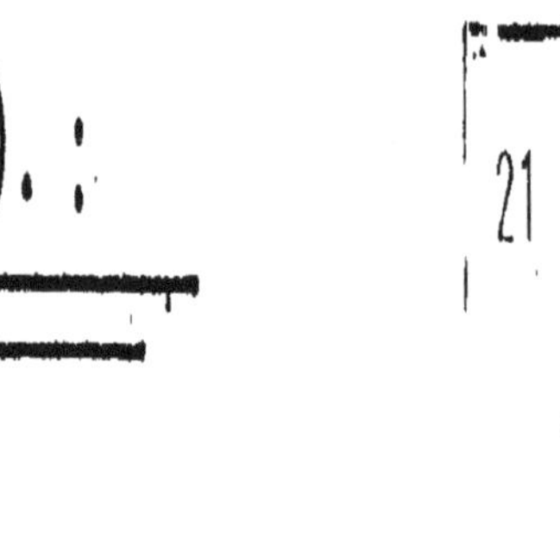

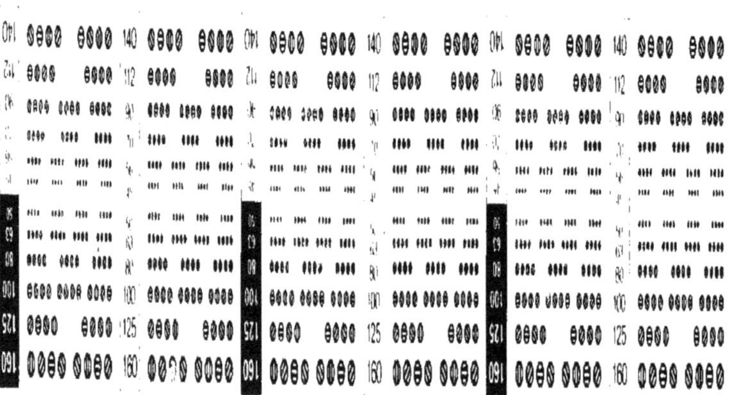

MIRE ISO N° 1
NF Z 43-007
AFNOR
Cedex 7 - 92080 PARIS-LA-DEFENSE

graphicom

www.ingramcontent.com/pod-product-compliance
Ingram Content Group UK Ltd.
Pitfield, Milton Keynes, MK11 3LW, UK
UKHW021626260726
13994UKWH00003B/1094

9 782329 333830